女演員

連俞涵

叫不醒的春天把夢喚醒

身為演員，我們總是被包裹在各種角色和情境裡，有時候這些情緒和感受很滿，下戲後我會用文字紀錄下來。因為這也是角色和戲劇觸動我的一環，我想要為他們留下那些瞬間。

如果能夠單純地，把我在戲裡感受到的，用文字傳遞出去，讓這些情感可以繼續自由飛翔，擊中某些說不出口卻又滿在心裡的情緒，讓大家得到一些些舒緩，就太好了。

小時候喜歡看書，總希望可以擁有一本自己的書，沒想到這個願望，竟然在不知不覺中實現了。〈叫不醒的春天〉是我在粉絲專頁寫的一篇作品，也是出版社找我出書的契機，有時候沒有想太多，只是不斷往前走，也會不知不覺抵達想要去的地方吧！我想。

在此感謝我的出版社，也感謝在創作過程中給予我許多幫助的朋友們，謝謝你們幫我一起實現了兒時夢想，現在的我替過去的我跟你們說好多好多的感謝。人生只有一次，想做什麼都要勇敢地嘗試看看。即使失敗，也不會有任何悔恨。這些過程，都將成為我生命中美好的回憶。

獻給每位拿起這本書閱讀的讀者，願大家勇敢做夢。

目次

場一：成為

場三：橫生

場一：成為

（驚醒那頭總是安靜美好的你）

晚霞

我立在邊上畫圈
微笑不語
學你　凝聚成光

致終將淹沒自己的人

我以為
生命
是用時間來衡量長短
但當我發現
你的擁抱
讓我像一顆正在融化的冰
世界又上升了一兩度

我整日泡在水裡發呆
像中暑一樣
不知所措
跟小島一起下沉

我們之間就像抽了不同牌子的菸

你喜歡藍
我卻更喜歡白
你喜歡苦澀
我喜歡平淡
你耽溺混亂
我簡單
總是搭不到一起

所以才離不開
又愛不完

叫不醒的春天

這世界上有沒有一種可能
假裝不知道你愛我
讓你在某個下雪的日子裡待著
直到事過境遷
沒有什麼可以再刺傷彼此
我們一笑置之
這些發光的瞬間

所有呼嘯的耳語
都變成雪花
還來不及融化
就可以看見春天的樣子

離開就是該頭也不回的

離開就是該頭也不回
我試著好好面對你
卻依舊說了太多
眨太多次眼睛
我害怕回憶跑掉
驚醒那頭總是安靜美好的你

毫無上進的心

我只有一個世界
裝不進太多人
我只有一種表情
任何喜怒哀樂都與我無關
我只會一種語言
不需要你來翻譯
我只有一顆心

可以交給你

來電

你說停電了
來我家借點光
卻不小心
借走了我的睡眠

並行

愛就是愛了
就像睡著便是睡著
總要天亮才知道
自己到底是失眠
還是夢遊

心意

你說這一切
都要碰到心的位置才行
那樣才可以感覺到
一個人真實的存在
但我想
無論靠得多近
除了外科醫生

誰也碰不到你的心

浸泡起來給你

需要很多酒
才能把自己灌醉
像醃一顆梅子
搓完粗鹽再狠狠擠壓出水
把所有的酸澀洗掉
讓自己變甜
讓自己沉醉

像一盞酒精燈
一碰就燃燒
可以不傷及無辜
就照亮你的表情

場二：說詞

（像是要消失在時間裡）

替身

把自己縫進你的腳後跟
你走一步
我也走一步
你的弱點叫 Achilles
我的弱點是影子
你一回頭
我就暗下來

只能時時刻刻跟緊你

昭和時代

我把棉被鋪在地上
窩緊你
一人一床
聽榻榻米陷落的聲音
靠在一起
安靜地睡著
又安靜地驚醒

我躡手躡腳走到廚房
扭開果汁瓶蓋
說好一人一口
只要喝下
就是承諾了

這輩子不離不棄
即使睡著
即使夢境不同
醒時總希望
我們還在一起晃悠
水銀燈也還嗡嗡作響

海街公路電影

搖搖晃晃
像一路墜落的雨
跟著一片雲
濕了一身
來不及蒸發
就被撞見所有狼狽
一路尖叫、狂奔、沸騰

像是要消失在時間裡
總在恍惚間想起
第一次靠在你肩膀熟睡的我
是多麼安心
不怕被遺忘

跟我一起到山上生活

我可以送你一片樹林
一串果實
和一些花瓣
那裡沒有太多太多人
沒有太多太多聲音
只有一片藍天
和藍天下的你我

我想帶你回山上生活
只要你耐得住寂靜
我們現在就赤腳
走回去

貼身

把一些感覺收起來
像是收起一些雲

雨就不會那麼快落下
不會在沒帶傘時落下
不會在想你時落下

不會在轉角巧遇時落下

把一些雲收起來
穿在身上
學綿羊繾綣
陪自己度過冬天

我用你愛我的方式愛你

我用你愛我的方式愛你
像把草吃進去再吐出來
混合各種細小石子
碾碎自身以符合你的胃
不斷反芻自己

我用你愛我的方式愛你

身邊一片荒原
撒滿了種子
沒一滴水就被陽光曝曬成穀
磨平我
身上最後一根刺

我用你愛我的方式愛你
從此消失在世界上
不屬於你也不屬於任何角落

縫隙

很冷又飄雨的時候
總希望有個人像挾持人質那樣
抱緊我不放
好像
我就是他的命運了

墜入

你從指縫間掉落
像小溪流過石頭
像指甲劃過黑板
像生鏽的鐵罐　聲音沙啞
像拉開椅子　但沒有人會坐下
我只能給你一個眼神
請你

讀我

破繭

你說你太黑暗了
我不會懂
於是我在夜色裡沉默
直到自己也暗下來為止

城市小學

奇數時
最怕有人說
現在兩兩一組
就像玩大風吹
總會少一張椅子
鬼抓人
玩到最後

大家都變成了鬼

你永遠不知道，為何我那樣看你

你睡著時
我一根一根數著你的睫毛
看你的眼球正快速轉動
你的思緒傾倒在夢裡
而那裡
終於埋進一個小小的我
我對著你和我自己笑了

一點也不想告訴你
我把你埋在哪裡

無罪釋放

我關上燈
闔上眼
想像你轉身走出去
我開了燈
張開眼
想像你從衣櫃走出來
我開開關關

你也進進出出
我們心知肚明
卻沒有人率先承認
我們都曖昧於
這沒有名字的罪行
你是我生命中最好
也是最壞的人

場三：橫生

（音樂停下來了
你還在旋轉）

下戲

下戲之後
所有的想念都是過時的
像瀏海久未熨燙
全塌黏在額頭上
彷彿淋了一場大雨
全身溼透變成一滴滴水珠
滴落下來

使輪迴變得潮濕

願你為我種一棵樹

希望你種下一棵樹
雖然不知何時發芽
還是希望你能種下一棵樹
讓貓頭鷹築巢
等待一陣風
把落葉吹到我身上

你在，也不在

故事說完了
你還在聽
音樂停下來了
你還在旋轉
夢都醒了
你還在熟睡
你總是慢了別人一拍

又活得比別人長一點
被留下來的人
必須負責說故事

溫室

有灰塵落在窗邊
你以為它落進眼裡
不自覺抹了抹眼前的霧氣
有蜘蛛掛在窗外
你以為頸間有人輕撫
把肩聳了聳
雪打在窗框上

你以為是春天
卻感覺到日子
還在刺骨地冷

歧路花園

那些有蜜的地方
路都很窄
每往前靠一步
都會碎裂
你常向我證明愛
我面無表情又不知所措
你要我再說一次剛才的話

再說一次
就好像我認得路
而且比你更知道方向一樣

眷戀

你說沒人陪時就抽菸吧
我看著菸被一一點燃
再彈落成灰
隨意撥撥落在肩上的頭髮
你說一切隨風吧
於是我模糊了起來
把你的菸埋進玻璃

在餘燼裡點上字跡給你
或替你再捲上一支菸

嫉妒

你說你從不相信
在你眼前的我
因為
我總眷戀那個
讓我溺水的人

陪你旋轉到底

我們藉由反覆訴說
證明自己的存在
其實人走後
誰都不在
沒有人會留下
就像沒有人會離開
我是你的過客

你是我的一片風景
走的時候
忘了跟你說
我愛你
轉過頭後
就只看著前方了
回頭如果發現你沒看我
我的心會瞬間碎裂
就當你一直在那個地方
一直看著我走遠
想像你的視線一直跟過來
想像你一直看著我

想像你
一直都在

別來無恙

時間是
一點、兩點、三點地過
雨是
一點、兩點、三點地下
夜是
一點、兩點地亮

酒沒日沒夜地喝
日子不曾好過
話還沒開始就沈默了

開頭總是問好
你好嗎
我很好
你呢

不知不覺被刺傷
還找不到傷口
蛇就逕自從蜿蜒走上曲折

怕受傷的人

他怯生生地活著
於是一切在他消失之後
都死無對證了

再見，可以不見

什麼時候可以聊聊
你如此輕描淡寫地說
於是我開始思考
我們之間
有什麼好說，從天氣開始嗎？
還是近況？
如果要從回憶說起

誰也無法保持笑容吧
何不沈默一點
直到你也忘了我

水逆集結所有不合時宜

你總耽溺過去
又嚮往未來
終於有一天你忘記了現在
只是熟睡
像一株植物
從過去生長到未來
未曾開出任何一朵花

隔壁房間

每一場青春
都用冒險來交換
每段路
都沒有回頭的可能
每個人
都帶著遺憾在生活
每段夢

清醒時就徹底遺忘
每首詩
都只說了一半
每個爭吵
都讓我無以為繼

問題

你以為
時好時壞的
是天氣
你以為
時好時壞的
是所有陳舊過時的東西
在那些時好時壞的日子裡

我一直以為你說的是別人
但其實
是我們

Stilnox

你從背後把我圈住
告訴我
「你是真的。」
但你不知道
很多事在失去溫度後
都像夢

最熟悉的最陌生

你是否把所有的開心
都送給了過去
我只認識你的悲傷
漫長冬日之後
你的笑容
延續了未來
那是我未知也未曾理解過的快樂

暴雨

大雨把世界
融化了
大家都泡在水裡
你還是
不停不停地
把自己擊落
像是要淹沒一切

像是要把記憶洗乾淨一樣
沖刷著城市

反覆褪色

洗衣店裡的日光燈
跟你一樣二十四小時在亮
我盯著空無一人的場景
一個人旋轉
直到墨色被暈染
直到被水浸透
一滴一滴沿路潮濕蜷曲

把自己拎進烘乾機裡
為你褪色

動物的離去

世界養育春天
也養育冬天
你靜靜橫躺在那
我經過你
刻意繞路
也不去打擾
你成為屍體的自由

場四：瀕臨

（即使被光穿透）

寵物良伴

我在黑暗中等你回來
像一盞燈瞬間把街道亮起
雲快速略過頭頂
你旋轉門把的聲音
是我唯一聽得見的囈語

致終將毀滅的星球

我們都是漂流的植物
飄零的人
以為沒有根也能活
所以
砍掉一棵棵樹
蓋一棟棟房子
挖一塊塊地

直到世界盡頭

關於你，我給得輕巧卻收拾得沈重

給過你的我都忘了
保持微笑
我提醒自己保持微笑
不哭不鬧
不吵不叫
因為我知道
時間很短暫

給過你的那些可愛
都很輕
但
其實我
沒辦法不哭
沒辦法不想
失去你的倒數近在眼前
不小心就被發現
我隨時準備離開
走的時候
也沒有回頭看你

屬於你的一秒轉身慢動作回放

我想你一直不明白
那是最後一次了
最後一次在街角
街燈下
和你分開
我不是可以輕易把自己縫補好的人
我經不起

經不起那些
熟悉的聲音和你叫我名字的方式
我無法抱得太緊
因為那是最後一次了
我像彈珠在地上滾動
越來越遠地
去到一個只屬於回憶的地方

暗室之後

你把底片給我
說是靈魂都放在裡面了

我有時看向窗外
有時熟睡
有時回頭看你
有時背對著你往前走

等你拉住
有時只是停在原地
一動不動

你把這些都留下來給我
我仰頭看著一格格的影子
即使被光穿透
依舊不知如何釋放被你捕捉到的我

語法

我愛過你
和
我不愛你
看似不同
但一樣傷人
一樣是不愛了

太年輕

朝思暮想的人
還是會在某個瞬間
變成平凡無奇的灰塵
就算不相信
變得輕盈
也是遲早的事情而已

西門町清晨

站在分隔島上
看車流和人潮　騷動
一直等到路燈燃起
你變成燈火中的一點光
我直視你
直至街道上空無一人
都還沒開口

跟你說
別走
我會熄滅的

該說對不起的人

我知道
我把所有的愧疚感
都拿來用你療傷
即使你並不知情
即使我並不說明
但在每次微笑背後
你總會問：怎麼了？

彷彿我遭遇了事故
而你有疏失
其實一直都只有我知道
浪費你的人是我
愛我的人是你

我們不要說話

我一坐下便睡著
一靠上牆就打盹
一碰到床就陷入昏迷

你問我，有沒有時間碰個面
在這個醒不來的世界
要求一場清醒的對話實屬不易

還來不及開口
就又走回了夢境

原諒

如果一切都可以倒轉成空白
我們應該
可以　不用握手言和

日子

日子已經走到盡頭了
一切都已雲淡風輕
日子告訴我它已竭盡所能
它悄悄避開所有沈重話題
它說它做出了承諾
如果眼前什麼都沒有
那就永遠不要提到明天

我還只是孩子
還沒有學會怎麼撒一個小小的謊

沈默的敵意

沒關係久了
就真的
沒關係了
你像是一顆糖
化在嘴裡
只剩味道
你站在我眼前

卻離心很遠
轉身之後
一切都與我無關了

我只是想

我只是想
一個人出去走走
我只是想
讓大雨把我滑落
我只是想
甩上門把一切隔絕在外
我只是想

當一切安靜下來後
靜靜與你告別

已讀不回意義

把所有你傳來的訊息
一一讀過
把空白留下
留給你詮釋
詮釋所有與我無關的想像
彷彿已與我有過交談
然而

我只是頭也不回地
把空間留給你
把距離留給你

Delete

總是先遺忘了聲音
再淡去畫面
那些消逝的時光
都被清洗乾淨
我想避免觸及
分不清的界線
就一遍遍洗刷家裡的地板

一遍遍地洗刷馬桶
一遍遍洗刷夢裡的時差
像不曾
有人居住

如果不能夠，請讓我全身而退

你把每一段過去
都刺在身上
我離開以後
不知道你是否也把我刺進你的身體
但是
我想你已經滿了
而我也無力

再為你感到疼痛

潮流

現在最流行的
會成為最過時的
現在最愛的
會成為最厭煩的
然後過些時候
過時的會回來成為經典
厭煩的會回來成為回憶

活在最壞的時光
很快
就會有最好的解脫

揮霍

蟬只活八日
聲音清脆響過整個夏季
你活過一個又一個三百六十五日
沒唱完過一首歌
沒有說完一句完整的話
像一根木頭
等待所有停留在你身上的蟬

一一 死去

惡意

我以為愛很受歡迎
卻在某些時候
看見
恨早就銷售一空

幻覺

你總說
心裡惦記我
如果我掏了掏耳蝸
依舊感覺寂寞
會不會
因為我不在
才讓一切成了夢境

場五：側轉身

（像在訴說一個遠方的回憶一樣）

節日慣性

我在不眠的夜
為你慶生
我參加你的葬禮
幫你點起小小的光
照亮你表情
那麼無所謂
無所畏的愛情啊

只吹過一次
就熄滅了

明白

有點不明白
遇見一個人和離開一個人
是如何開始又結束的
當我想起你時
我們已經被遺忘了

如果我們像風

那時候
總以為
我的世界只有你
你說你去去就回
我接著等待下去
沒去想其他可能
像是時間、空間、生與死之類的

說再見只是一個儀式
很多人
走出這扇門就不再回來了

你走後，我把自己醞釀成災區

那些遺留下來的東西
最後會被收去哪裡？
我說的是那些帶有回憶的
帶有溫度的
東西
你那邊呢？準備採取什麼行動
我這邊是原封不動的

繞過
不看
忽略
遺忘
關於無法延續的
都是遺憾
和難以收攏的結局

想把你一點一滴整理好
回收打包清理乾淨
但我怕
當我這樣做時

會被一起送上回收車
成為不可燃垃圾
我怕就這樣呆坐一下午
看你經過的地方
把自己變成廢墟
我怕定格在某個時空
任時間把自己腐化
好像有殘缺才有歷史
才有美感
才能被欣賞一樣地
把自己鑲在那裡
等待一切靜靜剝落

我怕露出自己的皮膚
來不及重生就已經腐朽成木

送給你

我一直沒有好
只是假裝著好
假裝屹立不搖
假裝不在乎也沒有看到
但其實一點都沒錯過
那些讓我不好
讓我痛

讓我有苦難言
讓我不堪的
你們
正在看我看過的風景
聽我聽過的歌
像在訴說一個遠方的回憶一樣
回想起我

跑馬燈

雖然一切
都過去了
但每次閉上眼
都想像
與你擦肩時
你會把我留下
而不是

一直重複地讓我過去

雨後的你

每隔一段時間
我就會想
你真的死了嗎？
像埋在耳邊的泡泡
和露水一樣天一亮就沒有聲音地蒸發消失
有時一轉身一陣耳鳴
你還活著的念頭又被燃起

記憶裡沒有你死去的樣子
於是眼淚也一直掛在眼眶裡
沒有掉落

資源

我沒有可以刪去的
也沒有可以遺忘的
始終囤積著
讓我難以穿越的一切
像是聲音、光線、氣味、濕度
幻想著哪天
你回來

一切都是有用的
一切都可以回收成愛

來不及抵達盡頭就幻滅

那是一段可怕的日子
在不同時間醒來
被不知名的困難襲擊
昏睡
暈眩
始終無解
你說的沒錯

我放棄了一切
你也被迫放棄了我
遇到你註定是混亂的
你的愛情都是枉然
你說的話全都荒蕪了
我們不斷尋找
不屬於我們的畫面
那是一條不知通往何處的隧道
而盡頭還亮著
始終有光

欲言又止

我總是靜悄悄的
你始終不知道
我對你是否留存了愛
但你跟他走的那天
我眼裡有光
而那終究
沒留住你

開始與結束

雨停了
還是有雨的味道
鳥飛走了
我還是在城市裡撿到羽毛

想去更遠的地方
就該把眼前的人遺忘

如果知道自己將什麼都不記得
現在就盡情地為所欲為

只是
雨停了
還有你的味道

待在一起生苔

我們用一副耳機
聽同一首歌
你的頭倚在我肩上
我們沒有說話

歌詞唱到
結婚這兩個字

你望向我
我看向窗外
有點安靜，沒說好或不好

你吻了我額頭
我卻像局外人
面無表情地笑

文學良品 21

女演員

作者　連俞涵
發行人　陳韋竹
總編輯　嚴玉鳳
主編　董秉哲
責任編輯　董秉哲
封面設計　萬亞雰
版面構成　萬亞雰
行銷企畫　黃伊蘭
印刷　通南彩色印刷事業有限公司
法律顧問　志律法律事務所・吳志勇律師
出版　凱特文化創意股份有限公司
地址　新北市236土城區明德路二段149號2樓
電話　02-2263-3878
傳真　02-2236-3845
劃撥帳號　50026207凱特文化創意股份有限公司
讀者信箱　katebook2007@gmail.com
部落格　blog.pixnet.net/katebook

經銷　大和書報圖書股份有限公司
地址　新北市248新莊區五工五路2號
電話　02-8990-2588
傳真　02-2299-1658
初版　2017年2月
初版8刷　2017年12月
ISBN　978-986-93909-3-4
定價　新台幣300元

國家圖書館出版品預行編目資料｜女演員／連俞涵 著.
── 初版. ── 新北市：凱特文化，2017.2 176面；12.5 × 17.5公分.（文學良品；21）
ISBN 978-986-93909-3-4（精裝） 851.486 105024306

凱特文化 讀者回函

敬愛的讀者您好：

感謝您購買本書，只要填妥此卡寄回凱特文化，我們將會不定期提供您最新的出版訊息與特惠活動資訊！

您所購買的書名：女演員

姓　　名 ____________________ 性別 □男 □女

出生日期 ______年______月______日 年齡 __________

電　　話 ______________________________

地　　址 ______________________________

E-mail ______________________________

______ 學歷：1. 高中及高中以下　2. 專科與大學　3. 研究所以上

______ 職業：1. 學生　2. 軍警公教　3. 商　4. 服務業

5. 資訊業　6. 傳播業　7. 自由業　8. 其他

______ 您從何處獲知本書：1. 書店　2. 報紙廣告　3. 電視廣告

4. 雜誌廣告　5. 新聞報導　6. 親友介紹

7. 公車廣告　8. 廣播節目　9. 書訊

10. 廣告回函　11. 其他

______ 您從何處購買本書：1. 金石堂　2. 誠品　3. 博客來　4. 其他

______ 閱讀興趣：1. 財經企管　2. 心理勵志　3. 教育學習　4. 社會人文

5. 自然科學　6. 文學小說　7. 音樂藝術　8. 傳記歷史

9. 養身保健　10. 學術評論　11. 文化研究　12. 漫畫娛樂

請寫下你對本書的建議：

____

____

____

____

廣	告	回	信
板橋郵局登記証			
板橋廣字第836號			
免	貼	郵	票

to 新北市23660土城區明德路二段149號2樓

凱特文化創意股份有限公司　收

姓名：

地址：

電話：

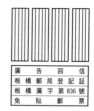

女演員

連俞涵